COMTE J.-A. FREDRO
(1829-1891)

*

Trois Médecins pour un Malade

(Consilium Facultatis)

Comédie en un Acte

TRADUIT DU POLONAIS

EDITIONS DES « AMIS DE LA POLOGNE »

1928

Comte J.-A. FREDRO
(1829-1891)

Trois Médecins pour un Malade

(Consilium Facultatis)

Comédie en un Acte

TRADUIT DU POLONAIS

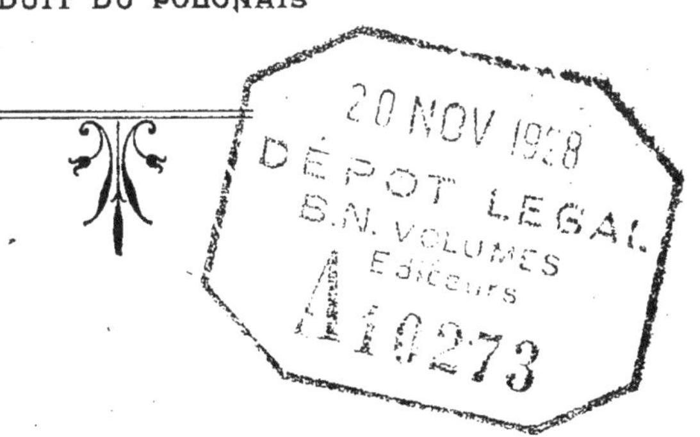

Éditions des « Amis de la Pologne »
1928

PERSONNAGES

M. GASPARD.
Mme MARGUERITE, *sa femme.*
ANNETTE, *leur fille.*
LADISLAS, *leur neveu.*
ZDZISLAW, *ingénieur.*
Le Docteur RZESZKO.
VALENTIN, *valet de chambre.*
JEANNE, *servante.*

L'action se passe à la campagne chez M. Gaspard

Cette pièce a été représentée pour la premiere fois en France par les soins des *Amis de la Pologne*, à la fête de leur Comité d'Action Scolaire, le 3 mars, au Lycée Louis-le-Grand, sous la direction de M. Paul Œttly, du Théâtre National de *l'Odéon*, et avec la distribution suivante :

M. KROCZYNSKI	*M. GASPARD.*
Mlle ROBIANE. . . de *l'Odéon*	*Mme MARGUERITE.*
Mlle ALDINA... ..	*ANNETTE.*
Marcel BARRIÈRE.	*LADISLAS.*
M. LANDY..... .	*ZDZISLAW.*
M. POIRSON......	*Le Docteur RZESZKO.*
André PEYRÉ.....	*VALENTIN.*
Mlle FERTAT.....	*JEANNE.*

(Prononcer, au cours du texte : le *Dr Jeckho, Chotski, Mojitski, Pchémisl, Tarnouf)*

La scène représente le salon d'une demeure de campagne. Au fond, deux portes, et entre elles une petite table.

A droite, une porte vitrée s'ouvre sur le jardin ; une autre mène à gauche, à la chambre de M. Gaspard. Un buffet, avec assiettes, bouteille de vin, verres, couteaux, cuillers, etc. Au premier plan, un petit bureau, avec encrier, plumes, etc., et une chaise.

A gauche, une cheminée, avec du feu, un petit canapé et un guéridon avec une carafe d'eau, plusieurs verres et un calendrier. Une porte mène à la chambre de Mme Marguerite et une autre à la chambre d'Annette. Plusieurs chaises.

Au lever du rideau, Valentin dort, assis sur le canapé, une bouillotte à la main.

SCÈNE I

JEANNE, VALENTIN

JEANNE, *sortant de la chambre de M. Gaspard.* — Valentin !... Valentin !.... Et cette bouillotte ? (*Voyant que Valentin dort*) Valentin !

VALENTIN *se réveillant, court vers la porte vitrée.* — Hein ! Quoi ! Un cataplasme ?... Tout de suite !...

JEANNE. — Mais non.... pas de cataplasme, la bouillotte.... apporte vite la bouillotte à Monsieur.

VALENTIN. — La bouillotte ? (*mal réveillé*) quelle bouillotte ?.... Je n'ai pas vu de bouillotte....

JEANNE. — Mais celle-là, celle que tu tiens à la main. Réveille-toi donc, engourdi !

VALENTIN, *comme en rêve.* — Ah ! mais oui.... la bouillotte....

JEANNE. — Apporte-la vivement. Monsieur l'attend depuis un quart d'heure.

VALENTIN, *ouvrant la bouillotte lentement.* — Mais c'est qu'elle est refroidie.

JEANNE. — Fais la réchauffer, mais vite, car Monsieur jure, que les vitres en tremblent.

VALENTIN *arrange les tisons du feu pour faire chauffer la bouillotte.* — Il jure ? Ce n'est pas nouveau.... Ah ! Mlle Jeanne, Mlle Jeanne ! Tu ne sais pas ce que c'est que d'être souffrant !

JEANNE. — Toi, souffrant ? !.... Quelle histoire !

VALENTIN. — Oh ! et comment ! Mademoiselle ne le croit pas, et pourtant.... voilà.... en ce moment (*il bâille*) j'ai tellement envie de dormir, que je me tiens à peine debout.

JEANNE, *en riant.* — C'est ce que tu appelles être souffrant !

VALENTIN. — Parfaitement.... j'ai toujours, mais toujours, envie de dormir ou de manger, comme notre Monsieur. Mais quand est-ce qu'on peut dormir dans cette maison ?

JEANNE. — Mais tu dors toute la journée.

VALENTIN. — Oh ! dans la journée, je réussis parfois à fermer l'œil, mais la nuit, en revanche.... Ah ! ces nuits !... A peine suis-je au lit, que déjà Monsieur m'appelle...

M. GASPARD, *derrière la scène.* — Valentin ! La bouillotte ! Mille diables !.... Apporte la bouillotte !

VALENTIN. — Tout de suite ! tout de suite !... (*à Jeanne*) : Voilà ! Et c'est comme ça chaque nuit. Dès que je ferme les yeux, Monsieur se met à crier : Valentin ! La bouillotte ! Valentin ! Le tilleul ! Valentin ! Le gruau ! Valentin, viens me masser ! Valentin par ci ! Valentin par là ! Et pour comble, il me prend parfois aux cheveux, oui, comme la nuit dernière.....

JEANNE. — Comme si tu n'avais pas failli lui brûler le ventre avec ta chaufferette.

VALENTIN. — Comment savoir au juste ? Il avait demandé une chaufferette bien chaude. Il paraît qu'elle était un peu trop chaude.

JEANNE. — Mais, dépêche-toi donc, fainéant.

VALENTIN. — Oui... dépêche-toi ; toujours se dépêcher...

c'est facile à dire.... quand je tiens à peine debout et que je vais être forcé de me mettre au lit à mon tour.

M. Gaspard, *derrière la scène.* — Valentin ! Maudit coquin ! Donne la bouillotte, ou je te casse la tête !...

Valentin. — Entends-tu, Mlle Jeanne ? « Je te casse la tête », et moi qui souffre tant ! (*criant vers la porte :*) Toute de suite, Monsieur, tout de suite, elle chauffe (*à lui-même :*) et moi qui souffre tant !

Jeanne. — Quant à moi, je suis convaincue que tu es malade comme notre maître. Tous les deux vous ne faites rien, mais absolument rien toute la journée, seulement manger et dormir, alors il est naturel que....

M. Gaspard *derrière la scène.* — Valentin ! vaurien ! coquin !... Je te romprai les os !...

Valentin. — Maintenant, il me rompra les os !...

SCÈNE II

ANNETTE, JEANNE, VALENTIN

Annette, *sortant de chez M. Gaspard.* — Valentin, dépêche-toi donc ! — Tu vois que papa s'impatiente ; cela peut lui faire mal.

Valentin, *à part.* — C'est plutôt à moi que cela fera mal (*en sortant*) Je l'apporte, je l'apporte !

Annette. — Est-ce que maman dort encore ?

Jeanne. — Madame n'a pas encore sonné.

Annette. — Pauvre maman ! Elle a veillé papa presque toute la nuit. A peine si j'ai réussi à l'envoyer se reposer au matin.

Jeanne. — Il faut le dire, nous avons encore eu une nuit agitée.

Annette. — Papa a tant souffert !

Jeanne. — Sans doute... mais, sauf votre respect, Mademoiselle, cela ne pouvait pas être autrement.

Annette. — Comment ?

Jeanne. — Que Mademoiselle veuille bien se rappeler ce que Monsieur a mangé hier soir au dîner : une marinade d'anguille, une côte de porc aux choux, des gâteaux aux confitures et la moitié d'un melon.

ANNETTE. — Oui, sans doute... peut-être un peu trop.... mais feu le docteur Hugo ne recommandait pas une diète absolue.

JEANNE. — Parce qu'il mangeait lui-même fort bien. Il fallait se lever de bonne heure pour le voir à jeun. Il abreuvait Monsieur de drogues et le nourrissait de pilules. Dieu ait son âme ! il l'aurait tué !

M. GASPARD, *derrière la scène.* — Aïe ! tu me brûles ! tu me brûles, imbécile !

VALENTIN, *derrière la scène.* — Aïe... Aïe... Aïe ! Lâchez-moi, Monsieur, lâchez-moi !... (*On l'entend se débattre dans la chambre de M. Gaspard*).

SCENE III

ANNETTE, JEANNE, VALENTIN

Valentin arrive en courant, la bouillotte à la main, il court à travers la scène et se sauve dans une autre chambre.

M. Gaspard en robe de chambre, en pantalon de flanelle blanche et en pantoufles, un petit coussin à la main, entre et jette le coussin dans la direction de Valentin, mais n'atteint que la porte refermée.

SCENE IV

ANNETTE, JEANNE, M. GASPARD

ANNETTE. — Qu'y a-t-il ? Qu'est-ce qu'il t'a fait, papa ?

M. GASPARD *ramasse le coussin et le prend sous le bras gauche ; de la main droite il se tient la cuisse.* — Ce qu'il m'a fait, cet idiot ? Il m'a brûlé avec sa bouillotte..... imbécile.... Oh !.... Je m'en vais dormir ; ne me réveillez pas, à moins que le docteur n'arrive. (*Il regagne sa chambre.*)

JEANNE. — Je parie que Valentin dormait en réchauffant le lit de Monsieur.

ANNETTE, *regardant la pendule.* — Mais, comment se fait-il que le docteur ne soit pas encore arrivé ?

JEANNE. — La voiture est partie à trois heures du matin pour aller le chercher à Przemysl, il n'est sans doute pas chez lui.

ANNETTE. — Je t'avoue, ma petite Jeanne, que je suis un peu inquiète à cause du nouveau Docteur, qui nous arrive de Tarnow. Personne ne sait s'il est habile.

JEANNE. — En tout cas, il sera toujours plus habile que le vieux docteur Hugo.

ANNETTE. — Peut-être, mais papa avait confiance en lui.

JEANNE. — Trop de confiance même. (*A part*) Il lui a fait croire qu'il était malade. (*On entend le bruit d'une voiture. Jeanne regarde par la porte vitrée*). Mademoiselle, mademoiselle ! C'est le docteur qui arrive ! Comme il est jeune... et comme il est bien mis !... Oh, ce sera un mari pour Mademoiselle !

ANNETTE, *mécontente.* — Quelle bêtise tu dis !

JEANNE. — Je cours l'introduire ici (*elle sort*).

SCÈNE V

ANNETTE, *seule.* — Jeune.... élégant !... Pauvre malheureuse que je suis ! Justement ce que je craignais !... Tant que le bon vieux docteur Hugo vivait, je m'inquiétais pour l'avenir, mais au moins j'avais la paix. Maintenant !.... Ce docteur jeune, élégant.... quand papa le verra....

SCÈNE VI

ANNETTE, JEANNE, ZDZISLAW

JEANNE *introduisant Zdzislaw.* — Par ici, s'il vous plaît, monsieur le docteur, par ici.

ZDZISLAW. — Merci, mais je ne suis pas.....

JEANNE. — Voilà mademoiselle (*elle salue et court vers la chambre de M. Gaspard*).

ZDZISLAW. — Ah ! Ah ! Mademoiselle Annette ! comme je suis heureux !....

ANNETTE. — Comment ? Vous ?... Monsieur Zdzislaw.... ô mon Dieu ! Ah ! (*elle porte la main à son cœur, presque défaillante*).

ZDZISLAW *prend la main d'Annette et la baise.* — Mademoiselle ! Ah ! Mademoiselle ! Que de bonheur me promet votre émotion !

ANNETTE. — Excusez-moi.... mais votre arrivée si inattendue....

ZDZISLAW. — Comment ? Il vous souvient de moi et vous pouvez douter....

ANNETTE. — Oh ! non, je n'ai pas douté, mais la dernière fois que nous nous sommes vus il y a un an, chez ma tante, vous avez promis de ne revenir que lorsque vous auriez une situation sûre...

ZDZISLAW. — Pour demander à vos parents, pour les supplier à genoux, la permission de faire de vous.... de faire de toi, ma femme, ma chère Annette !

ANNETTE. — Alors, maintenant....

ZDZISLAW. — Je suis ingénieur en chef à la construction du chemin de fer.

ANNETTE, *tristement.* — Ingénieur !

ZDZISLAW. — Oui, j'ai une excellente situation.

ANNETTE. — Hélas !

ZDZISLAW. — Comment ? « hélas » ! Mais cette situation me vaut 40.000 francs par an, et je peux prétendre....

ANNETTE. — Vous vous trompez, M. Zdzislaw, vous vous trompez... hélas !

ZDZISLAW. — Comment ? je ne gagne pas 40.000 francs ?...

ANNETTE. — Je ne dis pas, mais mon père a décidé de ne me marier qu'avec un médecin !

ZDZISLAW. — Mais quelle folie !... Oh, pardon...

ANNETTE. — Etant très maladif, il veut avoir un médecin pour gendre.

ZDZISLAW. — Ah !... Mais cela ne se peut pas ! Je lui dirai...

ANNETTE. — Ayez pitié de lui, pensez qu'il est très faible.

ZDZISLAW. — Mais c'est pour cette raison que je dois perdre tout espoir ?

ANNETTE, *tristement.* — Moi, je n'ai pas d'espoir.

ZDZISLAW. — Comment ? Ai-je bien entendu ?.... Toi, toi, Anna, qui viens de te montrer si émue, si tendre, tu peux accepter si facilement l'idée de nous séparer à jamais ? Alors cette émotion n'était que de la comédie ! Vous ne m'aimez pas ! Vous avez joué avec mes sentiments !

ANNETTE. — Monsieur Zdzislaw ! Est-ce que j'ai mérité de tels soupçons ?

ZDZISLAW. — Puisque vous m'enlevez tous mes espoirs, et que vous consentez à être la femme d'un autre !.... d'un médecin !

ANNETTE. — Oh ! non, Monsieur Zdzislaw, vous faites erreur. Mon devoir est d'obéir à mon père, je ne pourrais pas me marier contre sa volonté. Mais épouser un autre... jamais ! plutôt mourir !

ZDZISLAW *lui saisissant les mains qu'il couvre de baisers.* — Annette, Ma chérie ! Mon ange bien-aimé ! Non, tu ne mourras pas, car je t'aime plus que la vie !... Et tu seras, il faut que tu sois ma femme.

ANNETTE. — Ce que je t'ai promis à toi, je le tiendrai, mais rien de plus. Et maintenant sors, va-t-en vite !

ZDZISLAW. — Comment ? Tu veux que je parte ? Maintenant que le ciel s'ouvre pour moi ! Oh ! non, le bonheur me donne du courage, je demanderai ta main à ton père, je prierai, je supplierai, je vaincrai !

ANNETTE. — Mais c'est impossible ! mon père est malade et un peu, un peu... obstiné. Il ne voudra même pas te parler.

ZDZISLAW. — Quoi ! Il n'y a pas moyen de le voir ?

ANNETTE. — Je te répète qu'il est malade. Nous attendons à chaque moment le médecin, le docteur Rzeszko.

ZDZISLAW. — Rzeszko !... bravo !.... vivat !... victoire !... victoire !

ANNETTE. — Quoi ? Quoi ? parle !... Quelle idée as-tu trouvée ?

ZDZISLAW. — Oui, une idée étonnante, magnifique, géniale !

ANNETTE. — Mais parle donc !

Zdzislaw. — Ecoute-moi bien. J'étais hier chez les Dorecki, près d'ici, pour surveiller les ouvriers de la voie ferrée ; j'y ai retrouvé mon vieux camarade, le docteur Rzeszko. Il m'a dit qu'il serait chez vous la semaine prochaine. L'oncle de M. Dorecki est très malade, il est obligé de rester quelques jours là-bas. Alors moi, pendant ces quelques jours, je passerai ici pour le docteur Rzeszko.

Annette. — Mais c'est une idée folle !

Zdzislaw. — Dis plutôt amusante. Pendant ce temps, ton père me connaîtra, je lui plairai et je le vaincrai, et tout ira très bien !

Annette. — Tu parles comme si tu avais perdu l'esprit. Comprends donc que mon père est malade. Comment voudrais-tu passer pour médecin si tu ne connais pas la médecine ?

Zdzislaw. — J'ai mon plan.

Annette. — Tu peux lui faire mal.

Zdzislaw. — Mais non. Tu t'imagines bien que je m'intéresse à tout ce qui touche ta famille. Alors, chez les Dorecki, qui sont vos plus proches voisins, je me suis renseigné dans les plus minces détails sur le caractère de tes parents, pour mieux parvenir à leur plaire. On m'a expliqué, mais ne te fâche pas, Annette, que ton père est un malade imaginaire, ou plutôt qu'il a... un trop bon appétit.

Annette. — A vrai dire... il me semble aussi...

Zdzislaw. — Tu vois bien ! Puisqu'il n'est pas malade, je n'ai pas besoin de le soigner ; je ne peux donc pas lui faire de mal.

Annette. — Oui, mais il veut être soigné sans cesse.

Zdzislaw. — J'aurai donc à le persuader.

Annette. — Mais que dira maman ? Elle ne voudra jamais !

Zdzislaw. — Aussi ne lui dirons-nous rien. Je sais qu'elle se tourmente toujours de la santé de ton père ; il faut donc qu'elle me prenne pour un médecin.

Annette. — Non, non, c'est impossible ! c'est une vraie folie !

Zdzislaw. — Préfères-tu donc que je m'en aille ? que notre amour, nos espérances soient détruites ou du moins repoussées à un temps indéfini ?

ANNETTE. — Je ne dis pas, mais...

ZDZISLAW. — Que nous passions encore plusieurs années sans nous voir ?

ANNETTE. — Mais...

ZDZISLAW *en riant.* — As-tu remarqué que votre bonne m'a pris pour un docteur quand je suis entré ici ?

ANNETTE *riant.* — C'est vrai, Jeanne t'a donné ce titre.

ZDZISLAW. — C'est le destin qui a parlé par la bouche de cette innocente enfant. (*Il prend les mains d'Annette*) Aie donc confiance, chère Annette, en notre destinée, en mon amour et en mon savoir-faire.

ANNETTE. — Je ne sais pas si je dois t'écouter. (*On entend tousser M. Gaspard*).

ZDZISLAW. — Chut..., il me semble que ton père vient.

ANNETTE. — Je respire à peine !

SCÈNE VII

LES PRÉCÉDENTS, M. GASPARD

M. GASPARD, *gros et rouge, cheveux frisottants, moustache tombante, en robe de chambre, mais habillé en dessous. Il parle d'une voix faible, mais gémit fortement. Il passe à droite :* Eh... Jeanne m'a dit..., eh... que le docteur Rzeszko est arrivé... eh... où est-il ?

ZDZISLAW *saluant.* — Je suis à vos ordres, Monsieur. Le docteur Rzeszko.

M. GASPARD. — Enchanté de faire votre connaissance... eh... Annette, viens ici... que je m'appuie sur toi. *Annette et Zdzislaw le prennent par les bras et le conduisent vers le canapé. M. Gaspard traîne les pieds.*

ZDZISLAW. — Voilà, Monsieur.

M. GASPARD. — Eh... j'ai peine à me tenir debout... eh... ici... au canapé... eh... aïe... Annette, apporte-moi mon coussin. *Annette sort et revient avec le coussin.*

M. GASPARD *s'allongeant à demi.* — Ouf ! que je me suis fatigué !

ZDZISLAW *à part.* — Serait-il vraiment malade ?

M. GASPARD. — Vous arrivez juste, docteur... eh... et peut-être trop tard !

ZDZISLAW. — Mais non, Mais non !

ANNETTE. — Mais tu te sens mieux maintenant, papa.

M. GASPARD, *d'une voix forte.* — Du diable si je me sens mieux ! (*D'une voix faible*) Oh, je suis malade, très malade, Docteur, il faudra bientôt s'en aller.

ZDZISLAW. — Bah ! bah ! quelle idée !

ANNETTE. — Papa dit seulement cela...

M. GASPARD, *élevant la voix.* — Quand je dis qu'il faut s'en aller, il le faut et cela suffit. Pourquoi me contredire ?

ZDZISLAW. — Du calme, du calme, Monsieur, ne nous énervons pas.

M. GASPARD *d'une voix faible.* — Il... il faut toujours qu'elle mette son mot. (*A Annette*) Pourquoi restes-tu ici à te mêler de la consultation ? Tu ferais mieux d'aller dans ta chambre te reposer un peu. (*Lui prenant le menton*) Pauvre petite ! Elle est restée près de moi depuis trois heures du matin. Va, va, Annette, repose-toi, tu es toute pâle...

ANNETTE. — Papa, permets-moi de rester !

M. GASPARD. — Quand je dis d'aller te coucher, il faut aller te coucher. Moi, j'ai à parler avec M. le Docteur. Eh bien, embrasse-moi, petite. (*Annette baise son père au front et fait une révérence à M. Zdzislaw, qui lui rend son salut. Jeu de scène entre eux : Zdzislaw l'assure qu'il saura arranger l'affaire. Annette sort*).

SCÈNE VIII

M. GASPARD, ZDZISLAW

M. GASPARD. — Comme je vous ai dit, Docteur, je vais très mal, très mal.

ZDZISLAW. — Nous allons voir cela.

M. GASPARD. — Je n'ai pas d'appétit.

ZDZISLAW, *étonné.* — Ah ?

M. GASPARD. — Je vous assure que je n'ai pas d'appétit... c'est à dire.... quelquefois, oui il m'arrive de manger un peu, mais que cela me plaise, je ne le dirai pas. Mais oui... j'essaie d'un plat, de deux plats....

ZDZISLAW, *se souvenant.* — De trois plats...

M. GASPARD. — Et même parfois de quatre plats, mais sans plaisir, sans aucun plaisir.

ZDZISLAW. — Et combien de repas prenez-vous par jour ?

M. GASPARD. — Ça dépend, M. le Docteur, ça dépend... Habituellement le matin, entre 9 et 10 heures je bois mon café, avec 5 ou 6 croissants et plusieurs tartines de pain beurré, c'est vrai, mais seulement quand il y a du pain frais à la maison. Ensuite, vers 11 heures, un peu d'eau-de-vie et une côte de veau. Vers une heure, ma femme me fait servir un petit verre d'eau-de-vie avec un peu de caviar, des saucisses et de la confiture, mais simplement pour m'aiguiser l'appétit avant le déjeuner.. Puis, le déjeuner à 2 heures, et ensuite je ne mange plus rien du tout. Je bois seulement, vers 5 heures, un café et je mange quelques fruits avec de la crème. Alors je reste sans rien manger jusqu'à 8 heures, car nous dînons à 8 heures, pour aller plus tôt dormir, car vous comprenez qu'étant malade....

ZDZISLAW. — Oh ! je comprends... je comprends parfaitement !

M. GASPARD. — N'est-ce pas que cela fait du bien de se coucher de bonne heure ?

ZDZISLAW. — Naturellement ! Avez-vous souvent soif ?

M. GASPARD. — Heu !

ZDZISLAW. — Heu !

M. GASPARD. — Quand je bois de la bière, j'ai envie de vin hongrois ; quand je bois du vin hongrois, alors je voudrais du Bordeaux rouge ; quand je bois du Bordeaux, j'ai envie de Champagne, parce que cela mousse, Monsieur, cela mousse. Mais jamais je ne ressens de vrai plaisir. C'est comme le petit verre de marc que je prends vers onze heures ; le deuxième verre, avant le déjeuner, ne me semble plus aussi bon.

ZZDISLAW. — Le deuxième ne vous semble plus aussi bon ? Voyez-vous !

M. GASPARD. — De même pour le sommeil. Quand je fais un somme avant le déjeuner, je peux être sûr qu'après le déjeuner, je ne pourrai plus dormir. Et si par hasard les deux réussissent, ce qui arrive très rarement, pendant les grandes chaleurs ou quand il pleut, alors ma nuit est perdue.

ZDZISLAW. — Pas possible !

M. GASPARD. — Je vous assure ! Dans ce cas, je ne dormirai que 8 ou 9 heures. Rien à faire pour dormir davantage.

ZDZISLAW. — Vraiment, c'est incroyable !

M. GASPARD *soupire.* — Et c'est pourtant ainsi, hélas ! C'est ainsi, Docteur, je m'en vais, rien à faire, je m'en vais ! (*Il se lève*) Mais quel courant d'air entre ces deux portes et la cheminée ; on peut attraper la paralysie. Savez-vous, Docteur, allons plutôt dans ma chambre, là je reposerai un peu et vous informerai encore de quelques détails, parce qu'ici (*Il montre le public*) vous comprenez...

ZDZISLAW. — Mais oui, naturellement.

M. GASPARD, *à part.* — Un médecin étonnant ! Il faut absolument que je le prenne pour gendre. (*A Zdzislaw*) Donnez-moi votre bras, Docteur, je tiens à peine debout.

ZZISLAW. — A votre service, Monsieur. (*Ils sortent ensemble à droite.*)

SCENE IX

Mme MARGUERITE

MARGUERITE *entre par la première porte à gauche.* — Il me semble que j'ai trop dormi, il serait peut-être l'heure de donner le médicament à mon vieux mari. Il est vrai qu'Annette est près de lui. (*Elle regarde la pendule sur la cheminée.*) 10 heures 1/2, pas possible ! La pendule ne marche pas. (*Elle met l'oreille à la pendule*) Elle marche, c'est étonnant ! Quelle tranquillité dans toute la maison, est-ce que tout le monde dort ? Allons voir tout doucement. (*Sur la pointe des pieds elle approche de la chambre de M. Gaspard. On entend le bruit d'une voiture, Marguerite s'arrête*) Quelqu'un qui arrive. Insupportable voiture ! On va me réveiller encore mon pauvre Gaspard. (*Elle regarde par la porte vitrée*) C'est probablement le Docteur, mais qu'il est jeune. Un gamin et déjà Docteur !

Aujourd'hui le monde est à l'envers. Et comment voulez-vous avoir confiance ! Mais je ne me laisserai pas faire. Pour la consultation, je veux bien le consulter, mais je m'en tiendrai toujours aux ordonnances du bon Docteur Hugo.

SCÈNE X

Mme MARGUERITE, LADISLAS

LADISLAS *entre et salue.* — Madame....

MARGUERITE *à part.* — Un vrai gamin. (*A Ladislas*) Monsieur le Do... Docteur....

LADISLAS. — Excusez-moi, Madame. C'est-à-dire excusez-moi, ma tante.... car je vous reconnais maintenant. Je ne suis pas Docteur, mais votre neveu, Ladislas Szocki.

MARGUERITE. — Comment ? vous ? toi ?...

LADISLAS. — Moi-même !

MARGUERITE. — Toi, Ladislas. (*Lui tend les mains*).

LADISLAS. — Mais oui, chère tante !

MARGUERITE. — Ah. mon enfant, que je t'embrasse ! Jamais, jamais je ne t'aurais reconnu ! tant d'années sans te voir ! Tu étais petit, si petit.

LADISLAS. — J'ai grandi, n'est-ce pas, ma tante ?

MARGUERITE. — Pourtant, j'aurais dû te reconnaître ; tu ressembles tant à mon pauvre frère.

LADISLAS. — Mais mon père n'est pas pauvre du tout ! Il est en bonne santé, ses affaires marchent bien, et c'est précisément lui qui m'envoie ici.

MARGUERITE. — Ah, mon Dieu, j'avais oublié !

LADISLAS. — Ne t'inquiète pas, chère tante ; mon père veut en finir une bonne fois avec cette vieille rancune contre l'oncle. C'est pourquoi il m'envoie ici, pour me présenter à l'oncle et lui demander d'oublier toutes les anciennes querelles.

MARGUERITE. — Ah, que je suis contente !... Mais comment faire ? Ton oncle est souffrant, et il suffit de prononcer le nom de ton père pour le mettre en colère. J'ai d'autant plus de craintes que sa maladie l'a rendu très irritable. Il ne voudra rien entendre, il ne voudra même pas te voir. Cela va l'irriter et empirer son état.

LADISLAS. — Mais, ma tante, tu pourras le préparer peu à peu.

MARGUERITE. — C'est cela, tu as raison, très doucement et avec précautions. Donne-moi un peu de temps que je reprenne mes esprits, car je suis si émue de te voir, que je tremble toute d'inquiétude et de joie.

LADISLAS. — Chère tante !

MARGUERITE. — Brave enfant ! Nous arrangerons cela, mais doucement.... Et maintenant, pendant qu'il dort, parle-moi de toi, de ton père.... Il y a tant d'années que je ne vous ai vus ; je désire tellement avoir de vos nouvelles.

LADISLAS. — Papa est en bonne santé et toujours de bonne humeur. Ses affaires prospèrent avec mon aide. Car il faut que vous sachiez que l'année dernière j'ai fini mes études à l'Ecole d'agronomie et depuis nous travaillons ensemble. C'est moi qui ai décidé papa à se réconcilier avec l'oncle, et je vous le confie, cela n'a pas été sans peine !

MARGUERITE. — Comme tu es charmant !

SCÈNE XI

LES PRÉCÉDENTS, VALENTIN

VALENTIN *entre avec une tasse de tilleul qu'il veut boire.* — Une tasse de tilleul me fera du bien. Ah ! Monsieur le Docteur (*il pose la tasse sur la table, s'avance vers Ladislas et le salue*). Bonjour, Monsieur le Docteur. Je cours prévenir mon maître, et puis je vous demanderai aussi une ordonnance pour moi, car je suis très malade. Tout de suite, tout de suite... (*Il court vers la chambre de M. Gaspard.*)

SCÈNE XII

Mme MARGUERITE, LADISLAS

LADISLAS *étonné.* — Qu'est-ce que c'est ?

MARGUERITE. — Qu'est-ce qu'il fait ?

LADISLAS, *à Valentin.* — Reste ! Attends !

MARGUERITE. — Valentin ! Valentin !

LADISLAS. — Ça y est ! Il est allé m'annoncer.

MARGUERITE. — Oh ! mon Dieu !

LADISLAS. — Satané imbécile ! L'oncle me demandera tout de suite et tout s'éclaircira. Il sera furieux, me gratifiera d'injures et me mettra à la porte. Que faire ? Que faire ?

MARGUERITE. — Je perds la tête !

LADISLAS. — Mais pour quelle raison cet imbécile m'a-t-il pris pour un docteur ?

MARGUERITE. — Parce que nous attendons aujourd'hui un médecin que nous ne connaissons pas.

LADISLAS. — Et l'oncle, il connaît ce docteur qu'il attend ?

MARGUERITE. — Personne ne le connaît ici.

LADISLAS. — Mais c'est très bien ! Sais-tu, ma tante, je me présenterai à l'oncle comme son nouveau médecin.

MARGUERITE. — Tu es fou !

LADISLAS. — Pas tout à fait. Sois tranquille, ma tante, je ne commettrai aucune sottise. Nous gagnerons toujours un peu de temps pour préparer l'oncle.

MARGUERITE. — Mais tu ne connais rien à la médecine !

LADISLAS. — Je pourrai toujours me faire passer pour un homéopathe. Je dirai que j'ai oublié ma trousse.

MARGUERITE. — Mais ton oncle en a une.

LADISLAS. — Cela ne fait rien. Vous savez bien que l'homéopathie, si elle ne guérit pas, pourra sûrement nuire — non — je voulais dire : si elle ne peut pas nuire, elle ne pourra sûrement pas guérir.

MARGUERITE. — C'est vrai. Feu le Docteur Hugo l'a toujours affirmé, mais pourtant...

LADISLAS, *voyant entrer M. Gaspard.* — Trop tard !

SCÈNE XIII

LES PRÉCÉDENTS, M. GASPARD, VALENTIN

M. Gaspard. — Sot ! Ce n'est pas possible, puisque le Docteur Rzeszko est chez moi.

Ladislas, *bas à Marguerite.* — Rzeszko ! c'est mon ami ! Nous pouvons être tranquilles.

M. Gaspard. — Pardon, Monsieur, il y a sûrement ici un malentendu de ce sot de domestique. A qui ai-je l'honneur ?...

Marguerite, *à part.* — Je ne sens plus mes jambes !

Ladislas, *un peu troublé.* — Je suis... Monsieur, je suis aussi docteur... aussi Rzeszko.....

SCÈNE XIV

LES PRÉCÉDENTS, ANNETTE

Annette *entre.* — Oh ! mon Dieu !

M. Gaspard, *stupéfait.* — Comment, deux docteurs Rzeszko ?

Annette, *à part.* — Nous sommes perdus !

Ladislas. — C'est-à-dire oui... non... moi, je suis... le cousin du Docteur Rzeszko de Tarnow, je suis Rzeszko de Jaroslaw...

M. Gaspard. — Ah, bon ! c'est différent. (*il regarde autour de lui*) Mais où est l'autre ?

Valentin *regarde dans la chambre de M. Gaspard.* — Ah ! Ah ! il ouvre la fenêtre.

M. Gaspard, *à la porte.* — Monsieur Rzeszko ! Monsieur Rzeszko de Tarnow !

Ladislas, *à part.* — Je serais content d'aller me promener !

SCÈNE XV

LES PRÉCÉDENTS, ZDZISLAW

ZDZISLAW *entre, très timide, à part.* — J'aimerais mieux être sur une locomotive !

M. GASPARD. — Ha, ha ! Nous avons ici votre cousin, un deuxième Docteur Rzeszko !

LADISLAS et ZDZISLAW, *ensemble.* — Ce n'est pas Rzeszko !

MARGUERITE, *à part.* — Je n'y vois plus !

M. GASPARD. — Comment, vous ne vous embrassez pas ?

ZDZISLAW. — Excusez-moi... je... je ne suis pas Rzeszko de Tarnow... mais son homonyme... je suis... Rzeszko de Przemysl.

M. GASPARD. — Alors Messieurs Rzeszko ne se connaissent pas ?

LADISLAS. — Je n'ai pas l'honneur.

(*Annette s'approche de Zdzislaw et lui parle bas*)

M. GASPARD. — Ha, ha, ha ! C'est original ! Néanmoins, j'ai la visite de deux Docteurs Rzeszko et je suis entre les mains de deux Docteurs Rzeszko ! Cela me réjouit : plus il y a de médecins, mieux cela vaut pour le malade. Je vous avoue qu'à la seule pensée d'avoir deux docteurs, je me sens beaucoup mieux, (*il se caresse le ventre*) je sens même l'appétit qui me revient. Ecoute, Valentin, fais-moi réchauffer vivement la choucroute. J'espère que Messieurs les Docteurs me permettront... Ecoute encore, qu'on nous mette aussi un chapon à la broche... Ecoute, et avant tout donne-nous le vieux marc. (*Il parle bas avec Valentin en allant avec lui, vers la porte.*)

LADISLAS, *bas à Marguerite.* — Tout va très bien. Rassurez-vous.

MARGUERITE, *bas à Ladislas.* — Je suis comme morte.

M. GASPARD, *à Valentin.* — Oui, avec du beurre et du citron, tu comprends ?

VALENTIN, *comme s'il flairait.* — Oui, je comprends. (*Il sort.*)

ZDZISLAW, *bas à Annette.* — Restons tranquilles.

ANNETTE. — Faites attention ; soyez prudent !

M. Gaspard *revient à l'avant-scène.* — Le déjeuner sera (*il baise ses doigts*) excellent !

Mais, en attendant, les Docteurs pourraient peut-être avoir une petite consultation pour ne pas perdre de temps. Comme on dit en Angleterre : le temps c'est la santé, non, l'argent, c'est la santé, non, non, l'argent, c'est le temps, mais... au diable ! Comment est-ce ?

Zdzislaw. — Le temps, c'est de l'argent.

M. Gaspard. — Mais oui, c'est ça, je me suis embrouillé. Le temps, c'est la santé, oui, oui, alors, ne perdons pas l'argent.

Zdzislaw. — Je dois vous avouer, Monsieur...

Ladislas. — Je dois vous prévenir, Monsieur, que je suis médecin homéopathe.

M. Gaspard. — Quoi, homéopathe ! Un allopathe et un homéopathe ensemble ! Cela ne m'est jamais encore arrivé ! Parfait ! Laissez vos idées se combattre, le malade en profitera. Messieurs, je suis à votre disposition. Mais d'abord, Marguerite, Annette, montrez à ces messieurs les ordonnances du Docteur Hugo. (*Madame Marguerite va machinalement au bureau, à droite, Annette à la petite table de gauche. Toutes deux prennent dans les tiroirs de gros paquets d'ordonnances ficelés. Madame Marguerite donne les siens à Zdzislaw, Annette les siens à Ladislas.*

Annette, *à Ladislas.* — S'il vous plaît, Monsieur.

Ladislas. — Merci, Madame.

Marguerite, *à Zdzislaw.* — Voici les ordonnances du Docteur Hugo pour l'année dernière.

Zdzislaw. — Pour l'année dernière ? ! Et je dois les lire ?

Ladislas, *à M. Gaspard.* — Je dois vous avouer, Monsieur, que, pour l'instant, je ne pourrai pas me montrer d'une grande utilité, car il m'est arrivé un malheur en route : J'ai perdu ma trousse.

M. Gaspard. — J'en ai une, Monsieur, j'en ai une ! Annette, apporte donc ma trousse à Monsieur le Docteur. (*Annette va dans la chambre de M. Gaspard.*)

Zdzislaw, *regardant l'énorme paquet d'ordonnances qu'il tient à la main.* — Et vous avez pris tout cela ?

M. Gaspard. — Jusqu'à la dernière goutte.

Zdzislaw, *à part.* — Il a réussi à avaler tout cela !

LADISLAS. — Mes félicitations !

M. GASPARD. — Oh, je sais que les homéopathes n'aiment pas les médicaments. Mais soyez tranquilles, plusieurs trousses homéopathiques ont déjà passé par là. (*Il frappe son ventre.*)

ZDZISLAW, *à part.* — Il a une santé de fer.

ANNETTE *revient et apporte la trousse homéopathique à Ladislas.* — Voici la trousse.

LADISLAS, *qui tient à deux mains les ordonnances, montrant du regard la table.* — Veuillez bien la poser sur la table.

M. GASPARD *s'assoit au milieu de la scène.* — Et maintenant, ne perdons pas de temps. Me voici, tenez conseil, s'il vous plaît. Et vous, femmes, sortez d'ici.

MARGUERITE, *bas à Zdzislaw.* — Je vous prie, Monsieur, chargez-vous tout seul de cette affaire.

ZDZISLAW. — Moi ? Madame !...

ANNETTE, *à part à Ladislas.* — Monsieur le Docteur, je vous prie de ne pas abandonner vos théories médicales.

LADISLAS. — Pardon, mais.....

(*Ladislas et Zdzislaw saluent Marguerite et Annette qui sortent à gauche, chacune par une porte.*)

SCÈNE XVI

LADISLAS, M. GASPARD, ZDZISLAW

(*M. Gaspard tend ses deux bras en croix pour se faire tâter le pouls. Zdzislaw et Ladislas ne le regardent pas et consultent les ordonnances. Silence. M. Gaspard, fatigué, laisse retomber les bras et regarde ses Docteurs avec anxiété.*)

M. GASPARD. — Hein ?... Quoi ? Vous vous taisez ?... Mon cas est mauvais ?... Mais, parlez, Messieurs...

ZDZISLAW, *comme réveillé.* — Mauvais ?... Mais non ! Vous êtes bien portant.

M. GASPARD. — Quoi ? Je suis bien portant ?

ZDZISLAW. — C'est-à-dire, pas tout à fait,

LADISLAS. — Oui, c'est cela : pas tout à fait.

(Tous deux lui tâtent le pouls.)

ZDZISLAW. — Hum, hum...

LADISLAS, *d'un autre ton.* — Hum, hum...

M. GASPARD, *inquiet.* — Qu'est-ce que vous remarquez ?

ZDZISLAW. — Moi, si vous permettez, je vous ferai une ordonnance. *(Il s'installe devant la table. A part)* Bien malin le pharmacien qui la comprendra ! En tout cas, je gagne du temps. *(Il écrit.)*

LADISLAS. — Moi, je vais vous préparer un médicament. *(à part)* Je viderai les flacons par terre, je lui donnerai de l'eau pure et il florira.

M. GASPARD, *à soi.* — C'est curieux, je me sens la fièvre.

LADISLAS *prend un flacon dans la trousse et lit. (à part)* Aconit... c'est pour transpirer... ça ne peut pas lui faire du mal. *(Il verse le tout dans un verre et prend un autre flacon)* Camomille, c'est inoffensif. *(Même jeu)* Rhum, c'est probablement rumbarbarum... très recommandé. *(Même jeu)* Nux... nux vomica. Hum, vomica ? Il n'y aurait pas de mal si le vomica faisait son effet. *(Même jeu)* *(Il remplit le verre avec de l'eau)*. S'il a pu digérer toutes ces ordonnances, je peux sans danger lui faire boire cela. *(Il tend le verre à M. Gaspard.)* Avalez !

M. GASPARD, *qui a observé ses deux docteurs avec anxiété, en essuyant son front avec un mouchoir.* — Mais... Monsieur le Docteur... comment... tout d'un coup... sans une consultation... Messieurs, cela va si vite, si brusquement... L'un écrit l'ordonnance, l'autre donne le médicament, sans consultation, l'un peut être le contraire de l'autre...

ZDZISLAW, *écrivant toujours.* — Cela ne fait rien, vous pouvez avaler sans crainte ce que le Docteur vous donne. *(Ladislas tend le verre.)*

M. GASPARD *le refuse.* — Mais je voudrais que vous vous consultiez un peu tous les deux... Puisque vous êtes ici ensemble... Ça ne fera pas de mal...

ZDZISLAW. — Ce n'est pas la peine !

LADISLAS *remet le verre sur la table et le cache avec le calendrier.* — Mais non, ce n'est pas la peine !

M. GASPARD. — Mais je le voudrais bien... Vous êtes peut-être gênés que j'entende ce que vous allez décider, mais je suis presque sourd, du reste vous parlerez en latin... je n'y comprends rien... ma parole... un, deux mots d'écolier peut-être, par ci par là, mais que je sache de quoi il s'agit, cela non, diable, non... Alors, je vous prie, Messieurs, tenez conseil en latin... comme si je n'étais pas là, comme si je n'étais pas là...

ZDZISLAW. — Que mon cher collègue veuille bien me faire connaître d'abord son avis. (*à part*) Je serai d'accord avec lui sur tous les points.

LADISLAS. — Au contraire, cher collègue ! A vous l'honneur...

ZDZISLAW. — Je vous en prie, cher collègue !

LADISLAS. — Je vous en prie vraiment, cher collègue !

(*Silence*)

LADISLAS. — Alors ?

ZDZISLAW. — J'attends...

LADISLAS, *assez vivement.* — Mais je vous ai prié.....

ZDZISLAW, *élevant la voix.* — C'est moi qui vous ai prié...

M. GASPARD. — Bon ! Ils vont en venir aux mains ! Ayez donc pitié, Messieurs, d'un pauvre malade. Ne faites pas de cérémonies... Que quelqu'un commence, (*il baisse la tête*) en latin...

ZDZISLAW, *à part.* — Je suis perdu. (*haut*) Hum !

LADISLAS. — Ego... (*à part*) Du diable s'il me souvient de rien !

M. GASPARD. — Mais parlez donc, Messieurs, parlez !

ZDZISLAW, *à part.* — Ah ! que faire ? Jetons-nous à l'eau ! (*haut*) Ego... credo... censeoque febram stomachialem abdomidallem intermittentem esse. (*Il regarde Ladislas pour voir quel effet a produit cette tirade*).

M. GASPARD, *à part.* — Fe... fe... febram... stomachialem... abdominalem... intermittendem...

LADISLAS, *à part.* — Et voilà du latin ! Est-ce qu'il se moque de moi ? Nous allons voir. (*haut*) Mihi videtur organicas functiones nervorum atacatas fuere.

M. GASPARD, *à part, abattu.* — Acacatacas !

ZDZISLAW, *à part.* — Fuere, m'a-t-il découvert, ou plaisante-t-il ? Attendons. (*haut*) Ego credo moribundum...

M. GASPARD, *en sursautant.* — Quoi ? Moribundum ? Moi... moi, je suis moribundus ?

Zdzislaw, *très inquiet.* — Mais non... mais non... je voulais dire moribitundum... le malade... celui qui souffre... c'est-à-dire... le patient, c'est-à-dire vous.

M. Gaspard. — Ah ! oui.... ouf ! (*il chancelle et tombe sur son siège en s'épongeant le front.*)

Ladislas, *à part.* — Oh ! moribundum, moribitundum, il plaisante sans doute.

Zdzislaw, *à part.* — Il m'égare... rien à faire, il faut dénouer cette stupide situation. (*haut*) Si le malade le permet, je demanderai à parler un petit moment en tête à tête avec Monsieur le Docteur.

Ladislas. — Il m'a découvert, finie la comédie ! Rien à faire, il faut capituler ! (*haut*) Justement, je voulais le demander.

M. Gaspard, *à nouveau très agité.* — C'est que... probablement... mon état est... dan... dan... dangereux ?

Zdzislaw. — Oh ! pas du tout.

Ladislas. — Vous pouvez être tout à fait tranquille.

M. Gaspard. — C'est bien vrai ?

Zdzislaw. — Je vous assure...

Ladislas. — Puisque le Docteur vous l'assure...

M. Gaspard. — Je vous crois, Messieurs, je vous crois, mais ne me laissez pas longtemps seul, car j'aurais peur. (*à part, en se levant*) C'est curieux, comme je me sens affaibli.

Zdzislaw. — Tranquillisez-vous, Monsieur, tranquillisez-vous !...

Ladislas, *à part.* — Puisqu'il en va ainsi, (*haut*) tout se passera très bien.

(*Tous les deux conduisent M. Gaspard jusqu'à la porte.*)

M. Gaspard. — Mais pas pour longtemps, n'est-ce pas ? Eh... Eh... (*il sort*).

Ladislas. — Dans un moment nous vous appellerons.

SCÈNE XVII

LADISLAS, ZDZISLAW

Zdzislaw *et* Ladislas *reviennent ensemble vers l'avant-scène et disent à la fois.* — Monsieur le Docteur, je dois vous avouer que je ne suis pas Doc... (*tous deux s'arrêtent, très étonnés.*)

ZDZISLAW. — Comment ?...

LADISLAS. — Vous...

ZDZISLAW. — Non...

LADISLAS. — Moi....

ZDZISLAW. — Pourtant... (*Tous les deux éclatent de rire*).

ZDZISLAW *s'arrête de rire, à part.* — Peut-être est-il là aussi pour Annette ?

LADISLAS *continue à rire.* — Ah ! c'est fameux !...

ZDZISLAW. — Excusez-moi, Monsieur, si dans une situation pareille je vous demande pourquoi vous vous faites passer pour médecin ?

LADISLAS. — Je pourrais vous répondre par la même demande, mais n'ayant rien à cacher, je vous dirai que je suis le neveu de Monsieur Gaspard Bolbeck. J'arrive ici pour le réconcilier avec mon père, car ils se sont brouillés et ne se sont pas revus depuis huit ans. Je le trouve malade et j'ai craint, en me montrant à l'improviste, de lui causer une émotion dangereuse ; d'ailleurs, le domestique m'a annoncé comme docteur et je suis ainsi devenu docteur sans examens et sans diplômes. Je suis Ladislas Szocki. Maintenant, j'attends de votre part une confession aussi sincère.

ZDZISLAW. — Et moi, je me confie à vous avec la même sincérité. Je suis Zdzislaw Morzicki, ingénieur des chemins de fer. Il y a un an, j'ai fait la connaissance de Mlle Annette....

LADISLAS. — Bon ! Pas besoin d'en savoir plus ! Pour le reste, je me fie à la franchise et à l'honnêteté qui sont peintes sur votre figure et dans vos paroles. Comptez donc sur moi, je vous aiderai autant que je pourrai.

ZDZISLAW *lui tend la main.* — Je vous remercie cordialement.

LADISLAS. — Et qu'allons-nous faire avec notre malade ?

ZDZISLAW. — Vous avez préparé quelque chose ?

LADISLAS. — Et vous avez rédigé quelque chose ?

ZDZISLAW. — J'ai dessiné quelques hiéroglyphes.

LADISLAS. — Et moi, j'ai mélangé aconit, camomille,

rumbarbarum et nux vomica. Il me semble que ce sont des remèdes tellement innocents !

ZDZISLAW. — Hum... il paraît, mais tout de même....

LADISLAS. — Peut-être vaut-il mieux les laisser ?...

ZDZISLAW. — Ecoutez-moi bien. Dans le voisinage, on m'a informé que Monsieur Gaspard est un malade imaginaire, qu'il n'est qu'un gourmand et un paresseux. Aussi, je pense que lui prescrire une bonne diète et l'emmener en promenade, serait sage et inoffensif... mais les médicaments, ne les lui donnons pas.

LADISLAS. — Très bien ! Le diable sait ce qu'ils contiennent, ces flacons. Alors, rien que la diète.

ZDZISLAW. — La plus sévère !

LADISLAS. — Et les promenades....

ZDZISLAW. — Interminables.

LADISLAS. — Bravo ! Parfait ! Nous avons une belle journée et la promenade ne peut lui nuire. En même temps, nous aurons l'occasion de nous montrer dans la lumière la plus favorable. Vous lui expliquerez les avantages que la nouvelle voie de chemin de fer apportera à son domaine, et moi je lui ferai avaler à jeun un discours sur l'agronomie.

ZDZISLAW. — Excellent ! Affamons-le et faisons-le galoper !

SCÈNE XVIII

LES PRÉCÉDENTS, M. GASPARD

M. GASPARD *à la porte de sa chambre.* — On peut entrer ?

LADISLAS. — Entrez, entrez, Monsieur.

M. GASPARD, *les regardant, inquiet.* — Alors... mon état... est.... dangereux ?...

ZDZISLAW. — Mais non, il n'y a même pas l'ombre d'un danger.

M. GASPARD, *content.* — Vrai ?

LADISLAS. — Certainement.

M. GASPARD, *avec un soupir de soulagement.* — Ah ! que c'est agréable à entendre !

ZDZISLAW. — Même pour le moment, nous ne vous ordonnerons rien.

M. GASPARD. — C'est dommage ! peut-être, quelque chose....

LADISLAS. — Non, rien ! Nous prescrirons un peu de diète.

M. GASPARD, *grimaçant.* — La diète !....

ZDZISLAW. — Modérée, modérée.

M. GASPARD. — Mais vous le savez bien, que je ne mange déjà presque rien.

ZDZISLAW. — Je sais, je sais, Monsieur.

SCÈNE XIX

LES PRÉCÉDENTS, VALENTIN

VALENTIN *entre par le fond à gauche et apporte sur un plateau 3 couverts, 3 verres, une bouteille et le pain.*

M. GASPARD. — Dès que vous m'avez eu assuré que je n'étais pas en danger, je me suis senti déjà beaucoup mieux. Peut-être prendrons-nous un petit verre de marc avant le déjeuner ?

ZDZISLAW, *regardant Ladislas d'un air de doute.* — Hum, hum !

LADISLAS. — Hum, hum !

M. GASPARD *prend sur le plateau la bouteille et un petit verre qu'il emplit. Valentin pose le plateau sur la table à gauche et va au fond prendre la table qui est entre les deux fenêtres ; il tire du buffet assiettes, verres, bouteille de vin, etc.., et en garnit vivement la table. Il va ensuite au fond, à gauche, et de nouveau revient avec un plateau, portant un plat de choucroute et un chapon rôti. Il pose le tout sur la table, et avance trois chaises.*

M. GASPARD *à Zdzislaw.* — A votre santé, Monsieur le Docteur.

ZDZISLAW, *lui reprenant le verre.* — Si vous le permettez, Monsieur, nous laisserons l'alcool en paix. (*A Ladislas, qui a repris la bouteille de l'autre main de M. Gaspard.*) In manus vestras, docte collega... (*Il boit et donne le verre à Ladislas*).

M. GASPARD. — Mais... le Docteur Hugo.

LADISLAS. — Ne fait plus de cures. (*Il emplit son verre.*) Et moi, comme homéopathe, je trouve l'alcool très malfaisant, bah ! même très dangereux ! (*Il boit*).

M. GASPARD. — Mais, alors...

ZDZISLAW. — Sic facultas exemplo docet.

M. GASPARD, *en voyant arriver Valentin avec les plats.* — Ha ! que faire ? Je me soumets. Mais j'espère que Messieurs les Docteurs me feront l'honneur de partager mon déjeuner.

LADISLAS. — Cum gaudio et amenitate.

M. GASPARD. — Je vous en prie, Messieurs !

(*Ils s'assoient, M. Gaspard au milieu, Zdzislaw à droite, Ladislas à gauche*).

M. GASPARD *sert la choucroute sur une assiette.* — La véritable choucroute des chasseurs, réchauffée ! (*Il donne l'assiette à Zdzislaw.*)

ZDZISLAW. — Merci. (*Mangeant*) Excellent !

LADISLAS *à M. Gaspard qui prend une seconde assiette.* — Ne vous fatiguez pas, Monsieur.

M. GASPARD. — Je vous en prie. (*Il donne l'assiette à Ladislas*).

LADISLAS, *dégustant.* — Délicieux !

M. Gaspard veut remplir une troisième assiette.

ZDZISLAW, *lui retenant la main.* — Pardon, Monsieur.... (*Il lui enlève l'assiette*).

LADISLAS, *lui enlevant sa cuillère.* — Nous ne pouvons pas vous permettre la choucroute.

M. GASPARD. — Comment ? La choucroute n'est pas permise ?

LADISLAS. — Non, Monsieur, non. N'est-ce pas, mon cher collègue ?

ZDZISLAW, *la bouche pleine.* — Sous aucun prétexte.

M. GASPARD. — C'est triste !.... Mais puisque vous me l'interdisez absolument, je me contenterai du chapon. (*Il veut en prendre un morceau.*)

LADISLAS. — Pardon, Monsieur, le chapon est gras.

M. GASPARD. — C'est ce qu'il faut !

ZDZISLAW. — Pour qui est bien portant, oui ; mais vous êtes malade....

M. GASPARD. — Messieurs, mais je meurs de faim !

LADISLAS. — Oh ! non, nous ne voulons pas vous faire mourir de faim, non.

ZDZISLAW, *à Valentin, qui se tient derrière M. Gaspard, en regardant les plats comme un affamé.* — Hola, hé, une tasse de bouillon pour Monsieur !

ZDZISLAW *à Valentin qui va vers le fond.* — Un bouillon léger, tu comprends, très léger !

M. GASPARD *se lève brusquement et jette sa serviette.* — Je n'en veux pas ! (*Il va s'asseoir auprès du secrétaire, Valentin reprend sa place.*)

LADISLAS *prend la bouteille de vin.* — Hum, Bordeaux, cher collègue, vous permettez, un verre ?

ZDZISLAW, *levant son verre.* — Gratias ago Dominationi vestræ.

M. Gaspard soupire lourdement.

Valentin soupire lourdement.

ZDZISLAW. — Vous permettez, cher collègue, une aile de chapon ?

LADISLAS. — Merci, je préfère la cuisse.

M. Gaspard soupire lourdement.

Valentin soupire lourdement.

ZDZISLAW. — Mon cher collègue, je vois, habet in aestimatione les cuisses.

LADISLAS. — Oh ! je les adore.

M. GASPARD *soupire lourdement.* — Mais c'est intolérable !

VALENTIN *soupire lourdement.* — Il ne se privent pas !

ZDZISLAW. — Allons, encore un verre, pour finir.

LADISLAS. — Omne trinum perfectum. (*Ils boivent.*)

M. Gaspard secoue le bureau avec colère.

ZDZISLAW, *se levant.* — Et maintenant, à notre malade.

LADISLAS, *approchant M. Gaspard.* — Alors, comment allez-vous après ce déjeuner ?

Valentin enlève vite les couverts, remet la table en place et sort avec les plats par le fond à gauche.

SCÈNE XX

M. GASPARD, LADISLAS, ZDZISLAW

ZDZISLAW. — N'est-ce pas vous vous sentez mieux que d'habitude. (*Silence.*)

LADISLAS. — Oh ! notre client est un peu sombre.

ZDZISLAW. — Cela ne fait rien. Un médecin doit supporter patiemment les contrariétés de ses clients. (*A M. Gaspard*). Eh bien, donnez-moi votre main... (*Il lui prend le bras, malgré la résistance de M. Gaspard.*) Oh ! le pouls est altéré ! (*Bien scandé*) Quadrupedante putrem sonitu quatit ungula campum.

LADISLAS. — Oh ! cela ne va pas bien du tout.

ZDZISLAW. — Mais ça passera. Dites-moi, Monsieur, est-ce que d'habitude, après le déjeuner vous ne ressentez pas une certaine lourdeur ?

M. GASPARD, *de mauvaise grâce.* — Oui.

LADISLAS. — Une espèce d'étouffement ?

M. GASPARD. — Oui.

ZDZISLAW. — Comme un gonflement ?

M. GASPARD. — Oui, c'est ça.

LADISLAS. — Un besoin de cracher ?

M. GASPARD. — Terrible.

ZDZISLAW. — Evidemment ! Mauvaise digestion, irrégulière circulation du sang, le sang monte à la tête et un de ces jours...

LADISLAS. — Crac !

M. GASPARD, *sursautant d'effroi.* — Crac ?

ZDZISLAW, *haussant les épaules tristement.* — Crac !

M. GASPARD. — Oh ! mon Dieu ! Je n'y vois plus !

LADISLAS. — Mais nous ne vous abandonnons pas.

M. GASPARD, *retroussant sa manche.* — Saignez-moi, oui (*À Ladislas*) Saignez-moi tout de suite, je vous en prie, Docteur !

LADISLAS, *reculant.* — Mais, Monsieur, je suis homéopathe.

M. GASPARD. — C'est vrai, vous ne pratiquez pas la

saignée. (*A Zdzislaw.*) Mais vous, Monsieur, saignez-moi, vous êtes allopathe !

ZDZISLAW, *reculant.* — Mais, Monsieur, je suis hydropathe !

M. GASPARD. — Comment, tout à l'heure, vous vous disiez allopathe.

ZDZISLAW. — Justement, je suis allopatho-hydropathe.

M. GASPARD. — Alors, saignez-moi !

ZDZISLAW. — Pas besoin, Monsieur, pas besoin, tranquillez-vous !

M. GASPARD. — Vous dites cela, et pour moi, crac !

ZDZISLAW. — Mais non, mais non, pourvu que vous vous donniez beaucoup de mouvement.

LADISLAS. — Surtout après les repas.

M. GASPARD. — Que faire ? Marcher, voyager, chasser, danser ? Ou peut-être nager, ou prendre des douches ? Parlez, au nom de Dieu !

LADISLAS. — Ah ! sûrement, la baignade....

ZDZISLAW. — Si vous aviez des douches....

M. GASPARD. — Nous en avons, Monsieur, mais oui, tout près d'ici, à côté du moulin. (*Appelant*) Eh ! Valentin ! Peut-être profiterez-vous de l'occasion ? Tous ensemble dans l'eau ?

LADISLAS. — Oh ! merci, nous regarderons du bord.

M. GASPARD. — Valentin ! Valentin !

SCÈNE XXI

LES PRÉCÉDENTS, VALENTIN

Valentin entre la bouche pleine, par le fond à gauche.

M. GASPARD. — Vite... un drap, mon veston chaud, mon chapeau et ma canne. Un gros drap pour le bain. (*Valentin va dans la chambre de M. Gaspard.*) Alors vous n'avez pas envie d'un bain ?

ZDZISLAW. — Une autre fois, avec plaisir.

VALENTIN *apporte le tout. M. Gaspard change sa robe de chambre pour le veston.*

M. Gaspard. — Excusez-moi, Messieurs, tout de suite je suis à vous.

Ladislas. — Nous vous en prions, pas de cérémonies.

M. Gaspard. — Voilà ! Je suis prêt ! Allons sous la douche.

Zdzislaw et Ladislas, *ensemble*. — Sous la douche ! (*Ils sortent par le fond à droite*).

SCÈNE XXII

VALENTIN seul

Valentin. — Ils sont allés se baigner ! Ah ! cela doit faire du bien, si les Docteurs l'ordonnent. Et moi, il y a peut-être dix ans que je n'ai pas pris de bain ! Mais qu'est-ce que c'est qu'un homme sans un médecin. Eh bien ! maintenant qu'il y a deux Docteurs à la maison, je ne trouve même pas un moment pour les consulter. (*Il montre son estomac*). Et je sens quelque chose de lourd ici et j'ai sommeil. C'est peut-être la choucroute, peut-être le chapon ? Le docteur disait qu'il était trop gras, et j'ai mis encore du beurre dessus ! Oh ! j'ai mal, j'ai bien mal ! (*Il remarque la trousse et le verre caché sous le calendrier*). Qu'est-ce que c'est ? La trousse ouverte, un verre recouvert. Le Docteur aura préparé un médicament. Si je le prenais ? Et si on le demande ? — Eh ! bien, je dirai que j'ai vu un verre d'eau, et que je l'ai jeté. Je vais pouvoir me guérir d'un seul coup ! Essayons. (*Il goûte*) Ce n'est pas mauvais ! Vraiment, cela n'a pas mauvais goût.... Ah ! je me sens déjà mieux. (*Il boit tout*). Ah ! on respire tout de suite autrement, on se sent plus léger. Et dire qu'il y a encore des gens qui ne croient pas à ces... comment les appelle-t-on ? Eh ! j'ai oublié, ces ho.... homospathes ! Cela ne m'est pas revenu tout de suite, car j'ai sommeil... c'est effrayant ! Et il faudrait encore balayer un peu ici, épousseter. — Enfin, j'irai me reposer un peu au grenier.... ou bien non, j'irai me baigner, pas auprès du moulin, plus loin. Car si Monsieur me voyait, il recommencerait tout de suite à crier. « Valentin, viens ici, frictionne-moi le dos ». (*Il veut sortir et rencontre le Dr Rzeszko*). (*A part*) Qui est-ce celui-là ?

SCÈNE XXIII

Le Docteur RZESZKO, VALENTIN

LE Dr RZESZKO. — Ecoute-moi, toi ! comment t'appelle-t-on ? Dis à ton maître que le docteur Rzészko est arrivé. Vite !

VALENTIN. — Le Docteur Rzeszko ? Ha, ha !

LE Dr RZESZKO. — Pourquoi ris-tu ?

VALENTIN. — Le Docteur Rzeszko ! (*Il rit encore plus fort*) Ha ! ha ! ha !

LE Dr RZESZKO. — Veux-tu finir, imbécile !

VALENTIN. — Le troisième Rzeszko ! Ha ! ha ! ha ! (*Il sort en riant*).

LE Dr RZESZKO, *le poursuivant.* — Le troisième ? Quel troisième ? Je t'apprendrai la politesse ! (*Il revient de la porte où Valentin est sorti.*) Que je te retrouve, et gare à tes oreilles. Qu'est-ce que cela signifie ?

SCÈNE XXIV

Le Docteur RZESZKO, JEANNE

JEANNE *arrive par une autre porte et appelle.* — Valentin !

LE Dr RZESZKO, *à part.* — Ah ! une femme de chambre (*Haut*) Eh ! mademoiselle, comment vous appelle-t-on ?

JEANNE. — Jeanne, à votre service, Monsieur.

LE Dr RZESZKO. — J'ai rencontré ici un imbécile, mais cela ne fait rien.... Va vite prévenir ton maître, ou Madame, comme il te plaira, que je suis arrivé. Je suis le Docteur Rzeszko.

JEANNE *éclate de rire.* — Le Docteur Rzeszko !

LE Dr RZESZKO. — Et alors... Celle-ci aussi ?...

JEANNE *rit follement.* — Ex.... excusez-moi, Mo.... Monsieur.... ha ! ha ! ha ! (*Elle se laisse tomber sur une chaise en riant*).

LE Dr RZESZKO, *impatienté.* — Mademoiselle, je suis un homme bien élevé et patient, mais nom d'un chien....

JEANNE. — Excusez-moi, mais.... (*Elle rit*). Trois Docteurs Rzeszko dans la même journée... ha ! ha ! ha !

LE Dr RZESZKO, *en colère*. — Comment le troisième ? Qui, le troisième ? Où, le troisième ?

JEANNE. — Mais vous !

LE Dr RZESZKO. — Comment, moi ?

JEANNE. — Naturellement puisque nous en avons déjà deux.

LE Dr RZESZKO. — Deux quoi ?

JEANNE. — Deux Docteurs Rzeszko.

LE Dr RZESZKO. — Vous vous moquez de moi ?

JEANNE. — Non, ma parole, nous en avons deux.

LE Dr RZESZKO. — Je n'y comprends rien. Qu'est-ce que cela signifie ?

JEANNE. — Je n'en sais rien, mais c'est ainsi. Si vous le permettez, j'irai prévenir Monsieur et ses deux Docteurs. Vous verrez vous-même.

LE Dr RZESZKO. — Bon, j'attendrai.

Jeanne va dans la chambre de M. Gaspard.

SCÈNE XXV

Le Docteur RZESZKO, puis, Mme MARGUERITE

LE Dr RZESZKO. — Est-ce que je dors ? Est-ce qu'ils sont tous fous, dans cette maison ? Il n'y a pas au monde d'autre docteur Rzeszko. Je n'ai pas de cousin, ni d'homonyme. Qui a pu se permettre.... et même deux à la fois !

MARGUERITE *entre par la première porte à gauche*. — La consultation est longue. Je suis tellement inquiète.... (*Elle aperçoit le docteur*). Ah !

LE Dr RZESZKO, *avec un salut*. — La maîtresse de maison, sans doute ?

MARGUERITE. — Oui, Monsieur. A qui ai-je l'honneur ?

LE Dr RZESZKO. — Je suis le Docteur Rzeszko.

MARGUERITE. — Vous ?... Mais c'est impossible !

LE Dr RZESZKO *à part*. — Comment, elle aussi ? (*Haut*). Excusez-moi, Madame, mais cette mystification ne m'amuse pas. Vous êtes, Madame, la troisième personne dans cette maison qui s'étonne quand je dis mon nom.

MARGUERITE. — Mais il y a déjà un....

LE Dr RZESZKO. — Un, ou même deux messieurs, qui ont pris mon nom. Et je vous prie de bien vouloir éclaircir la situation, car je suis le vrai Dr Rzeszko.

MARGUERITE. — Est-ce bien vrai ?

LE Dr RZESZKO, *offensé.* — Comment, vous en doutez ?

MARGUERITE. — Pardon, non.... je n'en doute pas.... mais la tête me tourne.... Qui est l'autre ?...

LE Dr RZESZKO. — C'est-à-dire : Qui sont les autres ?

SCÈNE XXVI

LES PRÉCÉDENTS, JEANNE

JEANNE, *sortant de la chambre de M. Gaspard.* — Ici, il n'y a personne, mais j'ai vu par la fenêtre les deux Docteurs au bord de l'eau près du moulin. Il me semble que quelqu'un se baigne près du moulin, Monsieur sans doute.

MARGUERITE. — Oh ! grands Dieux !... ils lui font prendre un bain après déjeuner !

LE Dr RZESZKO. — Un bain après déjeuner ? Allons, ne perdons pas de temps. (*Jeanne sort au fond à gauche*).

MARGUERITE. — Oui ! Dépêchons-nous, M. le Docteur !

LE Dr RZESZKO. — Tout de suite, Madame. Il me semble que j'ai tout ce qu'il faut sur moi. (*Il sort d'une poche de sa redingote un nécessaire avec des instruments chirurgicaux, il l'ouvre, choisit une lancette qu'il repasse sur sa main*). Est-ce que votre mari est sanguin ?

MARGUERITE. — Oh ! oui ! Quoique maintenant, il soit bien affaibli.

LE Dr RZESZKO. — Est-il gros ?

MARGUERITE. — Un peu.

LE Dr RZESZKO. — Peut-être faudra-t-il lui faire une saignée....

SCÈNE XXVII

LES PRÉCÉDENTS, ANNETTE

Annette entre par la deuxième porte à gauche.

MARGUERITE. — Vous voulez lui faire une saignée après le déjeuner ?

ANNETTE. — Comment ? Papa va plus mal ? Monsieur l'infirmier va lui faire une saignée ?

LE Dr RZESZKO. — L'infirmier ?....

MARGUERITE *à Annette.* — C'est le Docteur Rzeszko.

ANNETTE. — Ah ! le... docteur Rzesz... Rzeszko, pardon.

MARGUERITE. — Allons, Docteur, allons.

LE Dr RZESZKO, *à part.* — Infirmier ! (*haut*) Oui, j'ai tout ce qu'il me faut, allons !

MARGUERITE, *en conduisant vers la porte vitrée.* — Par ici, ce sera plus court (*elle sort*).

LE Dr RZESZKO, *suivant.* — Je vous suis. (*à part*) Infirmier !... (*il sort*)

ANNETTE, *elle sort derrière eux.* — Que se passe-t-il ? Et comment cela va-t-il finir ?

SCÈNE XXVIII

Monsieur GASPARD, ZDZISLAW, LADISLAS

(*Dès qu'ils sont sortis, on entend derrière la porte d'entrée la voix de M. Gaspard. Pendant toute cette scène, M. Gaspard marche à grands pas. Zdzislaw et Ladislas le suivent pas à pas.*)

M. GASPARD, *derrière la scène.* — Valentin ! à manger ! (*il entre, refroidi, le nez rouge, les cheveux mouillés.*) Donne-moi à manger, Valentin !... Brrr !...

ZDZISLAW. — Mais réfléchissez, Monsieur.

M. GASPARD. — Laissez-moi tranquille ! Je me révolte ! Valentin, le vieux marc !

LADISLAS. — Ça peut vous faire du mal, Monsieur.

M. Gaspard. — Ça m'est égal !... Brrr !... C'est un traitement de cheval !

Ladislas. — Prenez au moins quelque chose de léger.

Zdzislaw. — Un bouillon...

M. Gaspard. — Allez au diable avec votre bouillon ! Valentin ! Hola ! Ho ! Où perches-tu ?

Zdzislaw. — Monsieur, si brusquement... cela peut vous nuire !

M. Gaspard. — Je vous ai déjà dit que ça m'est égal ! Que cela craque, craquez vous-mêmes, que toute la faculté craque, je dois manger ! Où est cet idiot de Valentin ? Je lui tirerai les oreilles ! Marguerite ! Annette !

Ladislas. — Mais... Monsieur Bolbeck.

Zdzislaw. — Calmez-vous, Monsieur...

M. Gaspard, *avec une colère croissante.* — Je ne me calmerai pas, et fichez-moi la paix ! Hola ! Hé ! Marguerite ! Est-ce qu'ils sont tous morts dans cette maison ?

Ladislas. — Monsieur...

M. Gaspard. — Quoi ? Il n'y a personne ? Je sais ce que je vais faire : J'irai à la cuisine, je démolirai la cuisine, l'office, la dépense, toute la maison !... *(vers la fin Zdzislaw et Ladislas le tenaient par les bras ; il se dégage et sort.)*

SCÈNE XXIX

ZDZISLAW, LADISLAS

(Silence. — Ils se regardent déconcertés)

Ladislas. — Et maintenant ?

Zdzislaw. — Est-ce que je sais ?

Ladislas. — C'est mauvais, mon cher collègue !

Zdzislaw. — Mauvais.

Ladislas. — Il va bâfrer.

Zdzislaw. — C'est sûr !

Ladislas. — Et tombera malade pour de vrai.

Zdzislaw. — Et cela retombera sur nous.

Ladislas. — Il faut trouver quelque chose.

Zdzislaw. — Si on lui faisait une saignée ?

LADISLAS. — Tu sais en faire ?

ZDZISLAW. — Moi non, mais toi peut-être ?.

LADISLAS. — Pendant mes études j'ai saigné, une fois, un veau.

ZDZISLAW. — Bravo ! Tu pourras le faire !

LADISLAS. — Mais le veau a crevé.

ZDZISLAW. — Diable !...

LADISLAS. — Non, c'est un moyen héroïque.

ZDZISLAW. — Si on lui préparait du tilleul ?

LADISLAS. — Tu as raison ! Du tilleul ! Excellente idée !

ZDZISLAW. — Peut-être du tilleul homéopathique ?

LADISLAS. — Non, ordinaire.

ZDZISLAW. — Il paraît qu'il existe encore un tilleul romain ?

LADISLAS. — Oui ! Oui ! Mais où le prendre ?

ZDZISLAW. — Il faut le demander à Madame Bolbeck. *(Il se dirige vers la porte.)*

SCÈNE XXX

LES PRÉCÉDENTS, LE Dr RZESZKO,
Mme MARGUERITE, ANNETTE

(Le Dr Rzeszko entre par le fond, à droite avec Mme Marguerite et Annette.)

ZDZISLAW et LADISLAS, *ensemble.* — Rzeszko !

LE Dr RZESZKO. — Ah ! vous voici, Messieurs, où est votre malade ?

MARGUERITE. — Où est mon pauvre mari ? Mon petit Gaspard ?

LADISLAS. — L'oncle est à la cuisine.

MARGUERITE. — A la cuisine ! Jeanne ! Valentin ! Du tilleul ! Apprêtez du tilleul !

LE Dr RZESZKO. — Alors il n'a pas mangé avant son bain ?

ZDZISLAW. — Non.

MARGUERITE. — Jeanne !

Le Dr Rzeszko *l'arrête.* — Ce n'est pas la peine ! Restez tranquille.

Marguerite. — Que dites-vous ?

Le Dr Rzeszko. — Je dis qu'on n'aura pas besoin de tilleul. Vous pouvez être tranquille pour votre mari.

Zdzislaw *s'approchant.* — Permettez-moi, Madame, de profiter de cet instant pour vous demander pardon...

Marguerite. — C'est bien, c'est bien ! (*A Rzeszko*) Mais comment cela ira-t-il sans tilleul ? Peut-être de la menthe ?..

Le Dr Rzeszko. — Non, madame, c'est inutile.

Ladislas *à Rzeszko.* — C'est très bien d'être venu, tu vas nous tirer d'affaire.

Le Dr Rzeszko *avec ironie.* — Vous tirer d'affaire ? Vous croyez ?..

Zdzislaw *qui a parlé bas à Annette.* — Mais oui ! Mais oui !

Le Dr Rzeszko. — Farceurs, charlatans !

Ladislas. — Comment ? Nous soignons ici ton client, et tu n'es pas content ?

Le Dr Rzeszko. — Certainement, je dois la plus grande reconnaissance à ces Messieurs les Docteurs.

Zdzislaw. — Nous te faisions une réputation.

Le Dr Rzeszko. — Merci pour la réclame ! Non, mes amis, vous avez préparé le bouillon, il faut le boire. Moi, je m'en vais !

Zdzislaw. — Mais, cher Docteur !....

Ladislas. — Docteur adoré !....

Le Dr Rzeszko. — Cher, adoré, ça ne prend pas.

Marguerite, *regardant la table à gauche.* — Ah ! mon Dieu ! Ils ont préparé ici quelque chose avec la trousse homéopathique !

Le Dr Rzeszko. — Homéopathique ? Alors, c'est sans danger.

Ladislas. — Oui, ma tante. J'ai mélangé un peu d'aconit, de camomille, de nux vomica....

Marguerite. — Par tous les Saints !

Le Dr Rzeszko. — Soyez tranquille, Madame, je vous jure que cela ne lui fera pas de mal.

Zdzislaw. — Sûr ?

LE Dʳ RZESZKO. — Plus que sûr. Et maintenant, au revoir, Messieurs, Mesdames, je pars.

LADISLAS. — Tu pars ?....

ZDZISLAW. — Ne fais pas cette bêtise !

LE Dʳ RZESZKO. — Est-ce moi qui ai fait des bêtises ?

ANNETTE *s'approche.* — Monsieur le Docteur !....

LE Dʳ RZESZKO. — Plaît-il ?....

ANNETTE *baisse les yeux.* — Je voudrais.... je pense que...

MARGUERITE. — Nos docteurs sont maintenant assez punis. Maintenant c'est nous qui vous demandons de rester.

LE Dʳ RZESZKO, *regardant Annette et Zdzislaw.* — Oui, c'est vrai, cette affaire dont vous m'avez parlé en allant au moulin. Eh ! bien, je tâcherai de l'arranger.

ZDZISLAW *l'embrasse.* — Cher petit Docteur !

LADISLAS, *lui prenant la main.* — Docteur excellent !

M. GASPARD *derrière la scène, d'une voix faible.* — Valentin ! Valentin !

SCÈNE XXXI

LES PRÉCÉDENTS, M. GASPARD, VALENTIN

(*M. Gaspard entre par le fond à gauche, Valentin par le fond à droite. M. Gaspard marche lentement, en traînant les pieds, parle à voix faible. Valentin est pâle, le nez rouge, les cheveux mouillés, retombant sur les yeux, il se tient le ventre.* — Valentin !... Marguerite !... Oye !....

VALENTIN. — Aïe... aïe !....

M. GASPARD. — Annette !.... Y a-t-il quelqu'un ici ?

MARGUERITE *en le prenant par le bras.* — Mon petit Gaspard, qu'est-ce que tu as ?

VALENTIN. — Aïe !....

M. GASPARD *indique son estomac.* — Ici.... ici.... le cochon de lait.....

(*Annette et Zdzislaw traînent un fauteuil au milieu de la scène. M. Gaspard et Valentin s'approchent en même temps du fauteuil.*)

M. GASPARD. — Au secours !

VALENTIN. — Je meurs !

(*Tous les deux se laissent tomber sur le fauteuil. M. Gaspard alors sursaute, prend Valentin par le cou et le repousse fortement.*)

M. GASPARD. — Veux-tu te sauver d'ici, imbécile !

VALENTIN *d'une voix mourante.* — Laissez-moi mourir !....

M. GASPARD *s'asseoit dans le fauteuil et indique son estomac d'une voix faible.* — Ici.... ici.... où sont les Docteurs ?

VALENTIN *se laisse tomber sur une chaise.* — Oh ! que je souffre !....

MARGUERITE *inquiète.* — Monsieur Rzeszko !

LE Dr RZESZKO *fait signe de la main qu'elle reste tranquille.*

M. GASPARD. — Oh ! j'ai mal, j'ai très mal ! Vite, où sont les Docteurs ? (*Il les aperçoit*). Ah ! mes chers Docteurs !... Je n'ai pas été obéissant.... J'ai mangé le cochon de lait.... excusez-moi.... pardon.... sauvez-moi !.... Le sang me monte à la tête... (*A Zdzislaw, lui saisissant le bras.*) Le pouls !.... tâtez-moi le pouls.

ZDZISLAW *s'approche de Mme Marguerite et lui parle.*

ANNETTE *s'empare des mains de sa mère.*

M. GASPARD *continue.* — Quoi ? Vous m'en voulez ?.... (*Il élève la voix et s'impatiente.*) Mais je vous ai demandé pardon et je m'excuse encore une fois. Oh !.... (*D'une voix faible, tendant le bras à Ladislas.*) Et vous, le Docteur homéopathe !.... Ayez donc pitié de moi, chaque minute coûte cher.... Monsieur.... Docteur... Comment va mon pouls ?....

LADISLAS *s'approche de Zdzislaw.*

M. GASPARD. — Quoi ?... Vous aussi ?... Vous êtes sans pitié....

LE Dr RZESZKO *s'approche de M. Gaspard et lui prend le pouls.* — Le pouls est normal.

M. GASPARD, *se tournant vers lui, stupéfait, étonné.* — Vous ?... Qui êtes-vous ?

LE Dr RZESZKO. — Je suis le Docteur Rzeszko !

M. GASPARD *se lève brusquement, en colère.* — Ah ! Monsieur ! C'est trop ! Je peux être malade, je peux être mourant, mais je ne permettrai pas qu'on se moque de moi. Je vous le défends. (*Il marche à grands pas*).

LE Dr RZESZKO. — Ne vous fâchez pas, Monsieur. Je suis le Docteur Rzeszko de Tarnow, maintenant établi à Przemysl.

M. GASPARD. — Fû !... Au diable ! Est-ce qu'un bateau plein de Docteurs Rzeszko a chaviré aujourd'hui sur ma maison ?

LE Dr RZESZKO. — Non, Monsieur, mais je suis le seul et l'unique, le véritable Dr Rzeszko.

M. GASPARD. — Alors... les autres ?....

LE Dr RZESZKO. — De faux Rzeszko.

VALENTIN *se lève brusquement.* — Des bandits !....

M. GASPARD *saute de côté et se cache.*

LE Dr RZESZKO *à Valentin.* — Idiot ! (*A M. Gaspard*) Non, Monsieur. Celui-ci l'homéopathe (*Montrant Ladislas*) n'est pas un homéopathe, mais un innocent agronome et votre neveu, Ladislas Szocki.

M. GASPARD. — Szocki, le fils de mon beau-frère ?

LADISLAS. — Mon cher oncle....

M. GASPARD, *vivement.* — Dehors !... Sortez de ma maison ! Sortez !....

MARGUERITE. — Mais, mon petit Gaspard, c'est mon frère qui l'envoie pour faire ses excuses.

M. GASPARD, *plus tranquille.* — Ses excuses..... ah ! c'est autre chose....

LADISLAS. — Mon père désire se réconcilier avec vous mon oncle.

M. GASPARD. — Il s'excuse..., il demande pardon... eh ! bien, soit ! je lui pardonne et signe la paix. Viens, mon garçon, que je t'embrasse.

(*Ladislas se jette dans ses bras, M. Gaspard l'embrasse*).

MARGUERITE. — Dieu soit loué !

M. GASPARD, *tenant embrassé Ladislas et indiquant Zdzislaw du regard.* — Et l'autre ?... Qui est-ce ?

ZDZISLAW. — Moi... Monsieur.... je suis.... Zdzislaw Morzycki. ingénieur en chef des chemins de fer.... Je suis venu dans le but... avec l'intention....

MARGUERITE. — Monsieur Zdzislaw nous demande la main de notre fille.

M. GASPARD. — Oh ! Ça, il n'y a rien à faire. J'ai déjà dit que je ne donnerais ma fille qu'à un médecin.... Je veux que mon gendre soit Docteur.

LE Dr RZESZKO. — La vie vous est-elle si désagréable ?

M. GASPARD. — Comment ?... Pourquoi ?...

LE Dr RZESZKO. — Vous ne comprenez pas ?.... Le beau-père et le gendre.... le gendre et le beau-père.... et l'un des deux médecin !

M. GASPARD. — Je ne comprends pas.

LE Dr RZESZKO. — Mais il vous expédiera dans l'autre monde en six mois, et sans employer le poison.

M. GASPARD, *se frappant le front.* — Oh ! je comprends ! (*A Zdzislaw, vite*) Monsieur ! Monsieur.... quel est votre nom ?....

ZDZISLAW, *saluant.* — Zdzislaw Morzycki.

M. GASPARD. — Ça m'est égal. Vous êtes bien sûr de n'être pas médecin ?

ZDZISLAW. — Non, monsieur, je suis....

M. GASPARD. — Répondez-moi franchement, sans mensonges. Parole d'honneur, vous n'êtes pas médecin ?

ZDZISLAW. — Parole d'honneur.

M. GASPARD. — Bien. Prenez ma fille !

ZDZISLAW. — Ah ! Monsieur ! que de reconnaissance !

M. GASPARD. — Annette, tu veux bien ?

ANNETTE. — Mais oui, papa, mais oui !

M. GASPARD. — Eh ! avec quelle joie !... Mais expliquez-moi, pourquoi ces deux-là.... (*Il montre Zdzislaw et Ladislas*).

LE Dr RZESZKO. — .... Vous ont soigné ? Mais pour vous convaincre que vous êtes en parfaite santé. La preuve, c'est qu'après le jeûne et le bain que vous leur devez, vous avez pu manger un cochon de lait et que vous vous portez bien.

M. GASPARD. — Mais, c'est vrai.... j'ai mangé un cochon de lait et cela ne me fait rien.

VALENTIN *s'approche du Dr Rzeszko.* — Mais moi, je suis très souffrant.... je... j'ai.... avalé le verre avec l'homopathie....

Le Dr Rzeszko, *en riant.* — Oh ! c'est très dangereux !

Valentin. — Dan... dangereux ! Oh ! je meurs !... (*Il chancelle.*)

Le Dr Rzeszko. — Mais oui, un jour viendra où tu mourras sans doute.

M. Gaspard. — Et maintenant, allons manger !

FIN

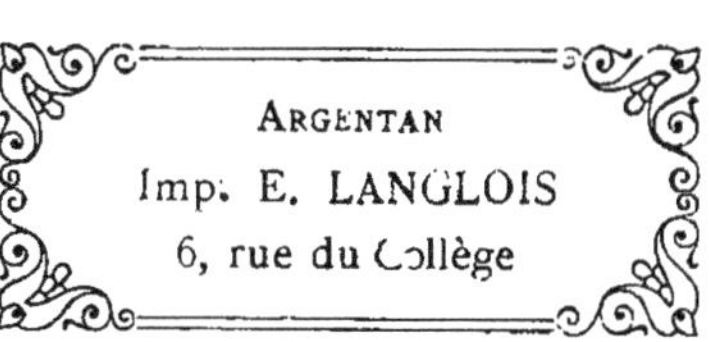
ARGENTAN
Imp. E. LANGLOIS
6, rue du Collège

Les Amis de la Pologne

Font appel à **TOUS LES FRANÇAIS**
sans distinction de parti, ni de confession

Leur Programme :

« Faire connaître la Pologne pour la faire aimer.

Leur action :

Conférences, concerts, fêtes, pélerinages, bals, cinéma, banquets, publications, presse, cours, voyages en Pologne, etc.

Comité Central : 16, rue de l'Abbé de l'Epée, **Paris** (5°).
Tél. : Gobelins 62-10. Compte Postal : Paris 880-96.

Groupes Régionaux : Versailles, Rennes, Nantes, Laval, Soissons, Mulhouse, Colmar, Strasbourg, Metz, Marseille, Toulon, Montpellier, Arles, Avignon, Alger, Albi, Besançon, Cognac, Béziers, Saint-Omer, Charleville-Mézières, Le Havre, St-Lô, Châlons-sur-Marne, Angers, Lunel, Troyes, Châteauroux, Mauriac, Poitiers, Arras, Aurillac, Figeac, Le Creusot, Montceau-les-Mines, Autun, Cholet, Saumur, Clermont-Ferrand, Beaune, Bourg, Mâcon, Barcelonnette, Embrun, Briançon, La Rochelle, Cherbourg, St-Servan, Nîmes, Aix-en-Provence, Béthune, Commercy, Rochefort, Carcassonne, Alais, Constantine, Bordeaux, Toulouse, Sélestadt, Le Mans, Nancy, Caen, Reims, Epernay, Alençon, Lyon, Digne, Draguignan, Sisteron, St-Jean-d'Angely, Chartres, Nogent, Blois, Chatellerault, Moulines, Cannes, Epernay, Verdun, Bougie.

Comité du Quartier Latin (pour les Etudiants).

Comité d'Action Universitaire et Scolaire.

Comité de Réception.

Frères d'Armes franco-polonais.

Section d'Art Dramatique.

Section Cinématographique.

Groupes Scolaires aux Ecoles Normales, Lycées, Collèges, Ecoles Primaires Supérieures, Institutions libres de Paris, Alger, Amiens, Nantes, Saumur, Angers, Nancy, Châteauroux, Carcassonne, Aurillac, etc., etc.

EN COLLABORATION AVEC

Le Groupe Parlementaire des Amis de la Pologne

Les Amis de la Pologne en Belgique

La Société Italo-Polonaise

Les Amis de la France en Pologne

www.ingramcontent.com/pod-product-compliance
Ingram Content Group UK Ltd.
Pitfield, Milton Keynes, MK11 3LW, UK
UKHW021519260726
13993UKWH00004B/1759

9 782329 181493